Le hamster en vacances

La porte de la cage est ouverte, et Lulu n'y est plus!

Rapidement, Gabrielle regarde sous les lits, mais elle ne trouve pas le petit hamster.

— Lulu n'est plus dans sa cage, dit Gabrielle en avalant avec peine.

— Quoi? fait Julie, étonnée.

— Elle s'est sauvée, explique Gabrielle.

Julie s'agenouille à côté de Gabrielle pour regarder dans la cage.

— Oh non! gémit-elle. Je n'ai pas bien fermé la porte! Tu m'avais dit de la pousser à fond, mais quand Guillaume m'a appelée, j'ai dû oublier. Qu'est-ce qu'on va faire?

LE HAMSTER
EN VACANCES

Texte de
Molly Mia Stewart

Création de
FRANCINE PASCAL

Illustrations de
Ying-Hwa Hu

Traduit de l'anglais par
LUCIE DUCHESNE

Données de catalogage avant publication (Canada)

Stewart, Molly Mia

Le hamster en vacances

(Val-Joli)
Traduction de: Runaway hamster.

ISBN 2-7625-6538-3

I. Pascal, Francine. II. Hu, Ying-Hwa. III. Titre
IV. Collection.

PZ23.S73Ha 1990   j813'.54   C91-096002-x

Runaway Hamster
Copyright © 1989 Francine Pascal
Illustrations couverture et intérieures : © copyright 1989 Daniel Weiss Associates, inc.
Publié par Bantam Skylark Book, New York, N.Y.

Version française
© Les Éditions Héritage Inc. 1991
Tous droits réservés

Dépôts légaux: 1er trimestre 1991
Bibliothèque nationale du Québec
Bibliothèque nationale du Canada

ISBN: 2-7625-6538-3   Imprimé au Canada

LES ÉDITIONS HÉRITAGE INC.
300, Arran, Saint-Lambert, Québec J4R 1K5
(514) 875-0327

À Mia Pascal Johansson

CHAPITRE 1

Le hamster de la classe

Julie Dufresne est arrivée dans la classe de madame Prévost bien avant que la cloche ne sonne. Elle regarde Lulu, le hamster de la classe, et elle est bien contente que Lulu soit enfermée dans sa cage.

Lulu regarde Julie. Elle saisit une graine de tournesol dans ses petites pattes et la grignote. Puis, elle grimpe dans sa roue. *Couic-couic-couic-couic.*

Quel grincement désagréable. Julie fait la grimace. Elle n'aime pas Lulu, mais pas du tout.

— Je me demande qui madame Prévost

va choisir cette fois-ci, dit Ariane Rousseau.

Ariane regarde Lulu de l'autre côté de la cage.

Chaque semaine, un élève amène Lulu chez lui pour la fin de semaine. Lulu n'est donc jamais seule. Aujourd'hui, la veille des vacances de Noël, l'élève qui sera choisi gardera Lulu pendant une période plus longue que d'habitude.

Julie n'a pas encore été choisie, et elle espère ne jamais l'être.

— Je ne veux pas de cette Lulu chez nous, déclare-t-elle à Ariane. Elle ressemble à un vieux rat.

— Mais ce n'est pas un rat! réplique Ariane. De toute façon, elle restera dans sa cage.

— Elle peut très bien se sauver et me mordre, fait Julie en frissonnant.

Elle secoue la tête :

— Je pourrais peut-être dire à madame

Prévost que je suis allergique aux hamsters.

— C'est Lulu qui est allergique à toi, lance Charles Noël.

— Ha! ha! très drôle, grommelle Julie.

Ariane regarde au plafond en ignorant Charles.

— Assoyez-vous, les enfants! demande madame Prévost. C'est maintenant qu'on va savoir qui va héberger Lulu pendant les vacances de Noël!

Quelques garçons rigolent en entendant le nom de Lulu. Ils trouvent tous que c'est un nom ridicule.

Madame Prévost sort de son tiroir une boîte remplie de bouts de papier. Le nom d'un élève est inscrit sur chaque papier.

Caroline Lafrance lève la main.

—Est-ce que je peux piger le nom? demande-t-elle, toujours prête à effacer le tableau ou à distribuer les feuilles de concours.

— Merci beaucoup, mais je vais le faire moi-même, répond madame Prévost.

«S'il vous plaît, ne pigez pas mon nom!» supplie Julie silencieusement.

Elle croise les doigts et ferme les yeux.

— Il ne faut pas que ce soit mon tour, chuchote-t-elle sans s'en rendre compte.

— Qu'est-ce que tu dis? demande sa soeur jumelle, Gabrielle.

Julie ouvre un oeil et regarde Gabrielle, qui est assise à côté d'elle. Elles s'assoient toujours côte à côte en classe.

Gabrielle est la soeur de Julie. Et elles sont des jumelles identiques. Elles ont toutes deux de longs cheveux blonds, avec une frange, et des yeux bleu-vert. Elles sont les seules jumelles identiques de l'école primaire de Val-Joli. De plus, elles sont les meilleures amies du monde.

Julie pense que c'est amusant d'avoir une soeur jumelle, surtout quand elles essaient de jouer des tours. Parfois, elles portent les mêmes vêtements pour aller à l'école, et personne ne peut les différencier. La seule façon de le découvrir, c'est de regarder le bracelet qu'elles ont au poignet et qui porte leur nom.

Même si elles sont jumelles, Julie et Gabrielle sont très différentes. Julie adore chuchoter en classe et passer des messages à ses copains. Elle n'aime pas les devoirs et faire les petites tâches que sa mère lui demande. Gabrielle est très responsable et aime l'école. Elle est attentive en classe, aime lire des histoires mys-térieuses et écrire de petits poèmes.

Gabrielle meurt d'envie d'amener Lulu chez elle et d'en prendre soin pendant les vacances. Julie a peur des animaux et n'aime pas l'idée de s'occuper d'un hamster.

— J'espère que ce ne sera pas l'une de nous, dit Julie.

Gabrielle écarquille les yeux.

— Mais je veux être choisie! Je veux garder Lulu à mon tour!

— Non! fait Julie en fermant les yeux

de nouveau.

Puis, elle jette un coup d'oeil à sa soeur. Gabrielle croise les doigts elle aussi, mais elle espère exactement l'inverse de ce que Julie souhaite. Alors, Julie croise les bras et les pieds : cela aide peut-être la chance...

— Moi, moi, moi, murmure Gabrielle.

— Non, non, non, murmure Julie.

— Tout le monde est prêt? demande ma-dame Prévost.

— Oui! crient tous les élèves.

Les yeux fermés, madame Prévost ouvre la boîte et fouille à l'intérieur.

Julie retient son souffle. Gabrielle fait la même chose.

Madame Prévost pige un papier. Elle le déplie lentement.

— Gabrielle Dufresne! lit-elle.

— Oh non! s'écrie Julie.

Gabrielle applaudit.

— Youpi! Nous allons avoir Lulu à la maison!

— Comme ce sont les vacances de Noël, dit madame Prévost, je pense que Julie devra partager cette responsabilité avec toi, Gabrielle.

— Ouache! s'exclame Julie tout bas, pour que madame Prévost ne l'entende pas.

— Lulu va mourir de faim si c'est Julie qui doit la nourrir, s'écrie Thomas Langlois.

Julie regarde sa soeur jumelle. Gabrielle lui sourit. Julie adore partager presque tout avec sa jumelle, mais là, elle n'a absolument pas envie de le faire.

CHAPITRE 2

Un nouveau membre de la famille

Gabrielle apporte la cage de Lulu vers l'autobus scolaire. Tous les enfants sont autour d'elle.

— Regardez, s'exclame Sylvie Leduc. Comme il est mignon!

— Où as-tu trouvé ce hamster? demande Dominique Côté.

Dominique et Sylvie sont toutes les deux en cinquième année.

— C'est la mascotte de notre classe, explique Gabrielle. On va s'en occuper pendant les vacances.

— Pas moi, corrige Julie. *Tu* vas t'en

occuper.

Lulu se met à taper du pied dans sa cage.

Comme tous les enfants sont autour d'elle, Gabrielle serre la cage dans ses bras. Elle veut protéger Lulu.

— Elle a un peu peur, n'approchez pas trop.

Leur frère aîné, Guillaume, monte dans l'autobus. D'habitude, il fait semblant de ne pas les connaître, mais cette fois-ci, il s'arrête.

— Hé, qu'est-ce que c'est? fait-il en pointant la cage.

— C'est Lulu, répond Gabrielle. On va la garder pendant toutes les vacances.

Elle dépose la cage à côté d'elle, sur le siège.

Julie se renfrogne et croise les bras. Elle s'assoit au bout du banc, le plus loin possible de la cage.

Quand elles arrivent à la maison, Gabrielle amène Lulu dans leur chambre. Julie

16

la suit.

— Où va-t-on mettre la cage? demande Gabrielle.

Julie plisse le front.

— Elle pourrait peut-être rester au sous-sol. Elle serait plus heureuse en bas.

— Non! s'exclame Gabrielle, choquée. Je veux qu'elle soit dans notre chambre, comme ça je serai sûre qu'elle va bien.

Julie prend son koala en peluche et le serre contre elle.

— Et si elle se sauve? dit-elle. Elle pourrait monter dans mon lit pendant que je dors et venir me mordre.

— Mais non, dit Gabrielle en plaçant la cage entre leurs lits. Elle restera dans sa cage tout le temps.

Lulu se réfugie dans un coin de la cage et agite ses moustaches.

Julie s'étend sur son lit et regarde à l'intérieur de la cage.

— Je pense qu'elle est en train de nous

dire qu'elle n'est pas bien ici, Gabrielle.

— Au contraire, réplique Gabrielle, qui s'agenouille devant la cage. Tu es bien ici, Lulu?

Le hamster saute dans sa roue et commence à courir. *Couic-couic-couic-couic.*

— Cette roue fait beaucoup de bruit, dit Julie après un moment. Je ne pourrai pas fermer l'oeil de la nuit.

Gabrielle fronce les sourcils. La roue fait vraiment du bruit.

— Peut-être qu'elle va s'endormir en même temps que nous, suggère-t-elle.

Julie déplace un peu son lit pour le rapprocher du mur. Elle s'assoit au bord du lit et ne regarde plus Lulu.

Gabrielle fait semblant de n'avoir rien vu. Quelquefois, Julie est très têtue.

— Je vais la nourrir et lui donner beaucoup d'eau, dit Gabrielle. Je vais très bien m'occuper d'elle.

Julie reste assise, boudeuse.

Elles entendent des pas dans le corridor.

— Bonjour, les filles! lance madame Dufresne. Pas de collation aujourd'hui? Vous avez filé directement dans votre chambre.

— On va vivre avec cette chose dégoûtante pour toutes les vacances, se plaint Julie. C'est affreux, non?

Madame Dufresne regarde dans la cage et sourit.

— Ah oui, c'est vrai. Madame Prévost a écrit à tous les parents au sujet de Lulu. Nous lui avons répondu que nous étions tout à fait d'accord pour que vous vous occupiez d'elle.

— Merci, maman, dit Gabrielle. Elle va être très heureuse ici. Ce sera comme un membre de la famille. Nous allons bien nous en occuper.

— Pas moi, grogne Julie.

Madame Dufresne est surprise.

— Non, Julie. Tu devras faire ta part

toi aussi.

Julie ne la regarde pas. Elle replace ses poupées et ses animaux en peluche sur son lit.

Gabrielle regarde sa soeur. S'occuper d'un animal est une grosse responsabilité. Mais c'est aussi très amusant. Il arrive que Julie ne fasse pas toujours ce que madame Dufresne lui demande, et il faut souvent la rappeler à l'ordre. Peut-être que Julie ne l'aidera pas à s'occuper de Lulu. Mais Gabrielle espère qu'au moins elle ne lui fera pas de mal.

Gabrielle décide qu'elle vérifiera si le hamster va bien quand ce sera à Julie de s'en occuper. Comme cela, si sa soeur oublie quelque chose, elle sera sûre que Lulu ne manque de rien.

CHAPITRE 3

Une nouvelle amie

Chaque jour, Gabrielle donne à Lulu de l'eau fraîche et des graines. Elle aime aussi jouer avec le hamster. Lulu a une fourrure très douce et de jolis yeux bruns. Gabrielle la laisse même grimper le long de son bras. Ça chatouille.

Julie ne s'approche jamais du hamster. Dès que Gabrielle ouvre la cage, elle sort de la chambre en courant.

Un jour, Gabrielle invite Marie-Josée Clermont à la maison. Marie-Josée est sa meilleure amie, après Julie.

— On va jouer avec Lulu et la laisser courir dans la baignoire, suggère Marie-Josée. J'ai fait ça quand ç'a été mon tour de la garder.

— Bonne idée! fait Gabrielle en souriant. Elle ne pourra pas se sauver, parce que la baignoire est glissante et beaucoup trop haute.

Elles vont près de la cage de Lulu. Gabrielle ouvre la porte avec précaution. Elle ne veut pas faire peur au hamster.

— Viens, Lulu, dit-elle. On part en excursion.

Marie-Josée pouffe de rire. Elles amènent Lulu dans la salle de bains. Quand Gabrielle la dépose doucement dans la baignoire, Lulu commence à trottiner. Elle renifle un peu partout.

— Je pense qu'elle aime ça, dit Marie-Josée.

— Elle a l'air de s'amuser, approuve Gabrielle. J'aimerais tellement avoir un hamster à moi.

— Moi aussi, fait Marie-Josée. J'aimerais avoir un chien, un chat, un cheval *et* un hamster.

Gabrielle éclate de rire. Elle laisse Lulu marcher sur sa main.

— Elle a juste la bonne taille pour ta maison de poupée, remarque Marie-Josée. Ce serait amusant si elle y habitait!

— Je ne pense pas que Julie serait d'accord, répond Gabrielle. Mais je pourrais installer quelques meubles dans la baignoire. Je reviens!

Pendant que Marie-Josée surveille Lulu, Gabrielle court à sa chambre. Les jumelles ont une grande maison de poupée rem-plie de meubles. Gabrielle prend un lit miniature, un divan avec de vrais coussins et un petit évier amovible. Elle apporte tout cela dans la salle de bains.

Gabrielle et Marie-Josée installent les meubles dans la baignoire et Lulu grimpe sur le lit. Il est juste de la bonne grandeur. Mais Lulu commence à grignoter un pied du lit.

— Oh! oh! fait Gabrielle en donnant à

Lulu une petite tape avec son doigt. Ne fais pas ça, Lulu!

Lulu ressemble aux animaux que Gabrielle voit dans ses livres d'histoires. Les souris et les lapins des contes habitent toujours dans des maisons miniatures avec des meubles minuscules. Gabrielle se dit que ce serait amusant d'écrire sa propre histoire : *Lulu, le hamster qui vit dans une maison de poupée.*

Les filles entendent des voix dans la chambre. C'est Julie et Ariane.

— Venez voir! crie Gabrielle. Regardez ce qu'on fait!

Julie et Ariane entrent dans la salle de bains. Quand Julie aperçoit les meubles de poupée dans la baignoire, elle s'écrie, tout énervée :

— Elle mange le lit! Maintenant, je ne pourrai plus jouer avec les meubles!

— Mais Lulu est tellement gentille! Elle n'a rien brisé! lance Marie-Josée.

— Oui, elle a brisé quelque chose, répond Julie. Et elle fait des saletés. Il y a des graines partout dans la chambre.

Ariane hausse les épaules.

— Je sais, mais j'ai quand même hâte que ce soit mon tour.

— Tu peux bien prendre ma place si tu veux, dit Julie.

Gabrielle est sûre que, si Julie donnait une chance à Lulu, elle aimerait le hamster. Mais Julie ne veut même pas essayer.

CHAPITRE 4

On mange!

Samedi, après le déjeuner, Julie et Gabrielle regardent la télévision.

— Julie, n'est-ce pas ton tour de nourrir Lulu, aujourd'hui? demande madame Dufresne.

Julie aurait voulu que sa mère oublie quel jour on est. Elle ne veut pas s'approcher du hamster. Elle fixe l'écran de télévision.

— Julie? dit madame Dufresne.

— Oui, oui, c'est mon tour, murmure Julie.

Gabrielle se lève.

— Si Julie ne veut pas, je vais m'en occuper, maman.

Madame Dufresne secoue la tête.

— Non. Je voudrais que Julie fasse sa part.

— D'accord, d'accord, soupire Julie.

Elle monte alors l'escalier en traînant les pieds.

— As-tu faim, toi? grogne Julie en entrant dans la chambre.

Elle s'assoit sur le plancher et regarde dans la cage de Lulu. Elle voudrait bien ne pas être obligée d'ouvrir la porte et de mettre sa main à l'intérieur. Lulu pourrait la toucher.

Le lit de Lulu, c'est une toute petite boîte de carton avec des petits morceaux de tissu à l'intérieur. Julie doit admettre que c'est très mignon.

Le hamster lève la tête et agite ses moustaches. Puis, Lulu sort de son lit.

Julie fait la grimace.

— Tu as vraiment l'air d'un rat, chuchote-t-elle.

Comme elle est seule dans la chambre,

Julie en profite pour tirer la langue au hamster.

Lulu s'approche de sa bouteille d'eau et boit un peu. Des bulles remontent le long de la bouteille, qui est presque vide.

— J'imagine que je dois remplir ta bouteille, dit Julie. Et te donner à manger.

Elle ouvre le sac de nourriture que madame Prévost leur a donné. Il contient de petites graines jaunes, de longues graines grises, des graines rayées de noir et de blanc, des grains de maïs séché et des arachides.

— Ouache! fait Julie.

Avec précaution, elle ouvre la porte de la cage et y entre la main. Lulu court vers le coin opposé. Ses moustaches s'agitent encore plus vite.

Julie saisit rapidement l'assiette et y verse des graines.

Au même moment, Guillaume l'appelle du corridor.

— Julie! crie-t-il. Viens ici!

Julie replace l'assiette dans la cage.

— Pourquoi?

— Viens donc ici! crie-t-il de nouveau.

Julie ferme la porte et court dans le corridor jusqu'à la chambre de Guillaume.

— Qu'est-ce que tu veux?

Guillaume est assis à son bureau. Devant lui, il a placé une boîte à chaussures vide. Un bâton la tient surélevée à un bout, et Julie peut voir un morceau de fromage sous la boîte.

— Je veux faire un essai, dit-il.

— Qu'est-ce que c'est? fait Julie en fronçant les sourcils.

— C'est une trappe à souris que j'ai fa-briquée pour le cours de sciences, dit son frère en souriant d'un air malicieux. Je vais voir si elle fonctionne en utilisant ton hamster.

— Non! répond immédiatement Julie.

— Cela ne lui fera pas mal, explique-t-

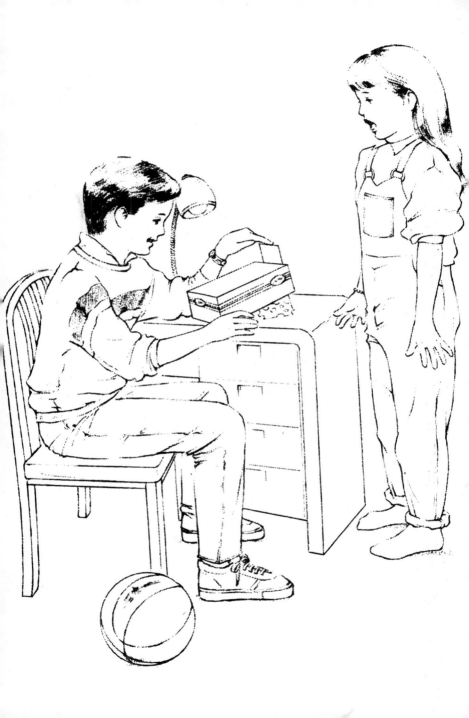

il. Ta Lulu sera simplement emprisonnée.

— Non, non et non, répète Julie. Jamais de la vie.

Même si Julie n'aime pas Lulu, elle ne veut pas qu'elle soit prise dans une trappe à souris. De plus, s'ils la sortent de sa cage, elle pourrait se sauver.

— Je te promets que je ne lui ferai pas de mal, insiste Guillaume en faisant une croix sur son coeur et en claquant des doigts deux fois.

Julie ne sait pas si elle doit le croire ou non. Mais il a fait leur signe secret de promesse.

— *Promis?*

Il approuve lentement.

— Promis!

CHAPITRE 5

Lulu s'est échappée

Gabrielle regarde distraitement la télévision. Elle se demande si Julie suivra les instructions qu'elle lui a données pour nourrir Lulu. Après quelques minutes, elle décide de monter voir si tout va bien.

Elle court en haut. Julie n'est pas dans leur chambre.

— Bonjour, Lulu, dit Gabrielle en entrant dans la chambre.

Elle se met à genoux et regarde dans la cage. Ce qu'elle voit —ou plutôt, ce qu'elle ne voit pas —lui coupe le souffle.

La porte de la cage est ouverte, et Lulu n'y est plus!

Rapidement, Gabrielle regarde sous les

lits, mais elle ne trouve pas le petit hamster.

À ce moment, Julie revient.

— Sais-tu ce que Guillaume veut faire? demande-t-elle.

Gabrielle fixe sa soeur. Elle est trop stupéfaite pour dire quoi que ce soit.

— Il veut mettre Lulu dans une trappe à souris, poursuit Julie en se laissant tomber sur son lit. Je lui ai dit de ne pas le faire.

Puis, elle remarque que Gabrielle a un drôle d'air.

— Qu'est-ce qu'il y a?

— Lulu n'est plus dans sa cage, répond Gabrielle en avalant avec peine.

— Quoi? fait Julie, étonnée.

— Elle s'est sauvée, explique Gabrielle.

Julie s'agenouille à côté de Gabrielle pour regarder dans la cage.

— Oh non! gémit-elle. Je n'ai pas bien fermé la porte! Tu m'avais dit de la pousser à fond, mais quand Guillaume m'a appelée, j'ai dû oublier. Qu'est-ce qu'on va faire?

— Nous devons la trouver, dit Gabrielle d'un air sérieux. Elle ne nous appartient pas vraiment.

Julie saute sur son lit et replie ses jambes sous elle.

— Ne la laisse pas m'attraper! Elle ira peut-être se cacher sous les couvertures!

— Arrête! s'écrie Gabrielle.

Elle voudrait bien que Julie ne déteste pas tant Lulu.

Julie a l'air contrariée.

— Je ne veux pas avoir de problèmes, dit-elle d'une voix effrayée. Maman va être en colère contre moi!

— Pas si on trouve Lulu, réplique Gabrielle en regardant la cage. Si on la trouve, on ne sera même pas obligées de dire à maman qu'elle s'était sauvée.

Julie renifle. On dirait qu'elle va se mettre à pleurer.

— Tu crois?

Gabrielle se lève et prend Julie par la main.

— Viens, on part à sa recherche.

— D'accord, dit Julie. Par où on commence?

Elle soulève avec précaution ses animaux en peluche et regarde dessous.

— J'ai déjà regardé sous les lits, précise Gabrielle. Il faut regarder partout ailleurs.

Les jumelles fouillent toute la chambre. Gabrielle regarde dans la garde-robe et même dans toutes les chaussures. Julie ouvre un tiroir. Elle retrouve les barrettes qu'elle avait perdues la semaine dernière, mais pas de Lulu.

Puis, elles vont dans la chambre de leurs parents. Julie espère que Lulu y est. Elles la fouillent de fond en comble, mais pas de Lulu.

Les deux filles reviennent à leur chambre.

— Et si on ne la trouve pas? demande Julie.

Gabrielle regarde sa soeur et prend une grande inspiration.

— On doit chercher jusqu'à ce qu'on la trouve.

CHAPITRE 6

Le plan de Julie

Gabrielle et Julie cherchent pendant une heure, mais Lulu reste introuvable. Les jumelles abandonnent. Lulu a disparu.

Julie et Gabrielle sortent et s'installent sous leur arbre préféré. Elles vont toujours à cet endroit quand elles veulent être seules.

— Elle doit bien être *quelque part* dans la maison, soupire Julie. J'espère qu'elle n'est pas dans notre garde-robe.

Gabrielle s'assoit sur le sol.

— J'espère seulement qu'elle ne s'est pas enfuie dehors.

Julie tape un peu la neige avant de s'asseoir et elle s'installe à côté de Gabrielle.

Elle est si malheureuse. Quand tout le monde découvrira qu'elle a perdu Lulu, elle va avoir bien des problèmes.

— Je ne voulais pas qu'elle se sauve, pleurniche-t-elle.

— Pauvre Lulu, fait tristement Gabrielle. Je me demande si elle a peur.

— Gabrielle! s'écrie Julie, qui prend la main de sa soeur.

— Quoi? répond celle-ci.

Julie s'est étendue à côté de Gabrielle et chuchote :

— Je viens d'avoir une idée. Une bonne idée!

Gabrielle lève les yeux au ciel. Julie a toujours une foule d'idées qui ne fonctionnent jamais.

— Quelle idée?

— Tous les hamsters se ressemblent, non?

— Heu... oui, fait Gabrielle en écarquillant les yeux. Et alors?

— On pourrait en acheter un autre, poursuit Julie. Un autre hamster qui ressemblerait à Lulu.

— Mais Julie, répond Gabrielle, ça ne marchera jamais.

— Pourquoi pas? Personne ne verra la différence, affirme Julie.

Gabrielle n'est pas sûre que c'est une bonne idée. Elle mâchouille une mèche de cheveux et fronce les sourcils.

— C'est comme raconter un mensonge, Julie, réplique-t-elle.

— Mais Gabrielle! lance Julie d'une voix tremblante. Tout le monde va être en colère contre moi. Tout le monde va me détester.

Elle ferme les yeux très fort, comme si elle allait pleurer.

Gabrielle est toute triste. Elle saisit la main de Julie.

— Ne pleure pas, Julie!

Julie cligne des yeux jusqu'à ce qu'elle

ait de vraies larmes.

— Je te promets que ça va marcher, dit-elle en reniflant.

— Tu penses, vraiment? demande Gabrielle.

Julie fait oui de la tête. Elle fait une croix sur son coeur et fait claquer ses doigts deux fois. Puis, elle s'assoit plus près de sa soeur.

— Personne ne peut faire la différence entre *nous deux*, non?

— J'imagine que personne ne fera la différence entre deux hamsters, dit lentement Gabrielle.

Julie serre la main de Gabrielle.

— C'est une bonne idée, n'est-ce pas?

— Probablement, approuve Gabrielle.

— Parfait.

Julie se sent beaucoup mieux. Tous leurs problèmes seront résolus.

Son plan est parfait.

CHAPITRE 7

Maman à la rescousse

Gabrielle et Julie entrent en trombe dans la maison, grimpent l'escalier et filent dans leur chambre. Julie ferme la porte.

— Combien d'argent avons-nous? demande-t-elle.

Gabrielle vide sa tirelire sur son lit et compte une pièce de vingt-cinq cents, deux de dix cents et six de un cent. Elle compte les pièces en retenant son souffle.

— Cinquante et un cents.

Julie prend son porte-monnaie de satin rose dans le tiroir de sa table de nuit et le vide. Elle y trouve un bracelet de ficelle, un morceau de verre qui a l'air d'un vrai diamant et une pièce de cinq cents.

— Combien ça coûte, un hamster? chuchote Gabrielle.

— Je ne sais pas, répond Julie en chuchotant elle aussi. Mais je ne pense pas que nous ayons assez d'argent.

— Qu'est-ce qu'on va faire?

Julie est déçue. Elle froisse son porte-monnaie de satin dans sa main. Puis elle secoue lentement la tête de gauche à droite.

— Je ne sais pas, répond-elle tristement.

Gabrielle regarde la cage vide, sur le plancher. Elle avait promis de s'occuper de Lulu et, maintenant, la pauvre petite bête est partie. Elle a bien envie de pleurer.

— On devrait le dire à maman.

— Non, réplique Julie vivement. On ne peut pas!

— Mais il le faut! dit Gabrielle en regardant sa soeur. Tu ne l'as pas fait exprès. Tu as fait une erreur. Tu ne seras pas punie pour cela. Et on ne peut pas acheter un nouveau hamster si on n'a pas assez d'argent.

Après quelques secondes, Julie fait lentement oui de la tête.

— Tu as raison. Maman saura ce qu'il faut faire.

Gabrielle sait que Julie a peur de se faire disputer.

— Viens, on va lui raconter l'histoire ensemble.

Madame Dufresne lit au salon. Gabrielle et Julie s'arrêtent sur le seuil de la por-te. Ni l'une ni l'autre ne parle. Leur mère lève les yeux.

— Gabrielle! Julie! fait-elle, étonnée. Qu'est-ce qui se passe?

Les jumelles se regardent. Puis, Gabrielle donne un coup de coude à Julie.

— Maman? commence Julie d'une voix enrouée.

— Oui, ma chérie?

— Heu... fait Julie en rougissant. Heu...

Gabrielle est désolée pour sa soeur, alors elle décide de tout expliquer.

— Maman, on a perdu Lulu. On ne la trouve nulle part.

Madame Dufresne pose son livre sur ses genoux.

— Vous avez... quoi?

— Et nous voulons acheter un autre hamster pour le ramener à l'école après les vacances, ajoute Gabrielle. Alors, est-ce que tu pourrais nous aider, s'il te plaît?

— Je ne voulais pas qu'elle se sauve, sanglote Julie. J'ai simplement oublié de bien fermer la porte!

Gabrielle regarde sa soeur. Parfois, Julie fait semblant de pleurer pour attirer l'attention. Mais cette fois-ci, on dirait qu'elle pleure *vraiment*.

— Oh la la! fait madame Dufresne. Je suis sûre que tu es très malheureuse, Julie. Nous allons acheter un nouveau hamster.

Mais vous devez toutes les deux me promettre d'expliquer à madame Prévost tout ce qui s'est passé.

— Promis, dit Gabrielle. On est vraiment désolées.

— Je le sais bien, les filles, répond leur mère. Cessez de pleurer. Je ne suis pas en colère contre vous.

Elle ouvre les bras.

Julie sèche ses larmes et sourit.

— Maman, tu es super! s'écrie-t-elle.

— Bon! venez, maintenant, dit madame Dufresne. Nous partons tout de suite au magasin d'animaux. Allez chercher la cage de Lulu. On pourra ramener le nouveau hamster dedans.

Les jumelles sautent dans les bras l'une de l'autre et courent en haut. Le problème leur semble moins grave, puisque leur mère les aide à le régler.

Mais Gabrielle s'inquiète toujours de Lulu. Où peut-elle bien être?

CHAPITRE 8

Lulu no 2

Lundi matin, le jour de la rentrée, Julie est nerveuse. Les vacances sont finies. Le nouveau hamster ressemble à Lulu comme deux gouttes d'eau, mais tout le monde saurait bientôt la vérité.

Elle transporte la cage, parce que sa mère lui a dit de le faire. Elle essaie de la tenir le plus loin possible d'elle. Elle n'aime pas plus ce nouveau hamster qu'elle n'aimait Lulu.

— Il faut vraiment le dire à madame Prévost? demande-t-elle à Gabrielle en s'assoyant dans l'autobus.

Gabrielle passe un doigt à l'intérieur de la cage. Le nouveau hamster vient sentir.

Gabrielle répond sérieusement :

— Oui.

Julie se rapproche de sa jumelle.

— Mais tout le monde va apprendre ce que j'ai fait, dit-elle. Et tout le monde sera en colère contre moi.

— On doit dire la vérité, réplique sa soeur. On l'a promis.

— D'accord, bougonne Julie.

Elle est inquiète et se renfrogne dans son siège.

Quand elles arrivent à l'école, Julie est la dernière à descendre de l'autobus.

— Pourquoi marches-tu si lentement? lui demande Gabrielle.

— Elle est lourde, cette cage, explique Julie.

En fait, Julie n'a pas du tout envie de raconter ce qui s'est passé à madame Prévost. Elle voudrait se trouver à des milliers de kilomètres de là.

Gabrielle l'attend à la porte de la classe.

Julie entre avec elle, la cage à la main.

— Lulu! lance Héloïse Thérien en courant vers Julie.

Julie recule.

— Bonjour, Lulu! dit Héloïse au nouveau hamster. Tu as vraiment de la chance, Julie. Je n'ai pas encore gardé Lulu.

— C'était amusant de s'en occuper? demande Isabelle Ferland. J'adore Lulu.

Julie aimerait s'enfuir. Bientôt, tout le monde la détesterait. Elle voudrait que cette Lulu ne soit jamais venue chez elle.

Madame Prévost place des livres sur une étagère. Elle se retourne.

— Eh bien! Notre hamster est de retour saine et sauve après ses vacances. Merci de vous être si bien occupées de Lulu, les filles, dit-elle.

Le nouveau hamster femelle fronce le museau. Elle regarde tous les enfants à travers les barreaux de sa cage.

— Qu'est-ce qu'il y a, Lulu, tu ne grimpes

pas dans ta roue? demande Nicolas Daudelin, qui s'est penché pour regarder le hamster.

— Mais c'est vrai, Lulu va toujours dans cette stupide roue, ajoute Thomas Langlois, en se bouchant les oreilles.

Couic, couic, couic.

Julie a le menton qui tremble.

— Elle est peut-être fatiguée, soupire-t-elle.

Sophie Lapierre parle au hamster d'une voix de bébé :

— Es-tu fatiguée, ma Lulu?

Julie regarde Gabrielle, qui est toute rouge.

— Lulu ne vous a pas causé de problèmes? demande madame Prévost.

Julie relève la tête. Tout le monde va la détester, maintenant. Une larme glisse sur sa joue.

— Mais qu'est-ce qu'il y a? demande rapidement madame Prévost.

— Ce n'est pas Lulu! avoue Julie en désignant le hamster.

CHAPITRE 9

Mais où est Lulu?

Julie essaie d'expliquer ce qui est arrivé à Lulu. Gabrielle se sent très triste pour sa soeur.

— Mais où est la vraie Lulu? demande Isabelle Ferland.

Héloïse se met à pleurer. Elle pleure pour tout et pour rien.

— Oh non! fait Sophie.

D'autres enfants s'approchent pour voir ce qui se passe.

— Elle va bien?

— Où est-elle? demande Ariane.

Sophie montre la cage :

— Ce n'est pas Lulu! Julie l'a *perdue*!

Julie commence à pleurer. Madame Prévost prend la cage et la dépose sur une table.

Gabrielle prend la main de Julie. Elle a envie de pleurer elle aussi.

— Ce hamster n'est pas aussi intelligent que Lulu, s'écrie Thomas. Il ne grimpe même pas dans sa roue.

Toute la classe s'est rassemblée autour du nouveau hamster. L'animal est effrayé et se réfugie dans son petit lit. Gabrielle se sent toute triste.

— Lulu était bien plus gentille, approuve Ariane.

— Maintenant, les filles, pouvez-vous m'expliquer ce qui s'est passé? demande madame Prévost.

Elle ne semble pas en colère. Mais elle a les yeux rouges et elle renifle comme si elle avait le rhume.

Julie essaie d'arrêter de pleurer, mais de grosses larmes roulent sur ses joues.

— Lulu s'est échappée, et on n'a pas pu

la retrouver, explique Gabrielle. On s'est dit qu'il fallait acheter un nouveau hamster, parce que c'est notre faute.

Madame Prévost met un bras autour des épaules de Gabrielle :

— C'est vraiment gentil d'avoir pensé à ça. Ce hamster est très gentil, lui aussi.

— Je suis sûr que ce n'est pas *ta* faute, dit Nicolas à Gabrielle. Je sais que tu as bien pris soin de Lulu.

Tous les élèves savent que Gabrielle est une personne fiable. Mais Gabrielle ne veut pas jeter le blâme sur Julie.

— Mais, madame Prévost, poursuit-elle, qu'est-ce qui va arriver à notre Lulu? Est-ce qu'elle va bien aller?

— Oui, et si un chat l'attrapait? dit Nicolas.

À cette idée, Sophie lâche un cri. Ariane ouvre la bouche, sans qu'aucun son ne sorte.

— Vous savez quoi? s'écrie Charles. Mon

chat Albert avait l'air plus gras, ce matin. Et il n'a même pas mangé sa nourriture.

— Il a mangé Lulu? demande Caroline. Madame Prévost, le chat de Charles a mangé Lulu!

— Calmez-vous, les enfants, ordonne madame Prévost.

Mathieu Longpré prend la parole :

— Elle est peut-être toujours chez vous.

Gabrielle se sent mieux, mais Julie ferme les yeux et fait «Aïe! aïe! aïe!».

— Ça suffit, maintenant, dit madame Prévost. Un petit hamster qui sentirait le froid venant d'une porte ouverte ne se sauverait pas dehors en plein hiver.

— Sûr? dit Gabrielle avec peine.

— Oui. Lulu a sûrement trouvé un petit endroit bien au chaud, dans un recoin de la maison, c'est tout, explique l'enseignante.

— Comme les souris? demande Marie-Josée, le nez rougi d'avoir pleuré.

— Tout à fait. Il y a bien des cachettes

possibles dans une maison.

Gabrielle se sent soulagée, mais elle continue de s'inquiéter au sujet de Lulu.

«Lulu est sûrement quelque part, bien cachée, pense-t-elle. Mais où?»

CHAPITRE 10

Une souris dans la maison

Julie et Gabrielle prennent leur collation dans la cuisine. Julie fait des bulles avec une paille dans son verre de lait. Ce n'est pas aussi amusant que d'habitude, pourtant.

— Je pense que Doudouce est un nom rigolo, dit Gabrielle.

— Peut-être, répond Julie.

Les élèves ont choisi le nom du nouveau hamster : Doudouce. Mais Julie n'aime pas ce nom. Doudouce lui fait penser à Lulu. Julie prend une petite gorgée de lait.

Les jumelles entendent une porte d'auto

claquer dans l'entrée du garage.

— C'est papa! s'écrie Gabrielle.

Monsieur Dufresne revient d'un voyage d'affaires. Les jumelles se sont beaucoup ennuyées.

— Il est arrivé! crie Julie en courant vers la porte, qui s'ouvre au même moment.

— Papa! crient en même temps Julie et Gabrielle.

Monsieur Dufresne éclate de rire. Il sert les jumelles très fort dans ses bras.

— Comment vont les deux plus belles petites filles de Val-Joli?

— Très bien, papa, répond Gabrielle joyeusement.

Julie regarde sa soeur. Elle ne veut pas que son père apprenne l'histoire de Lulu. Elle voudrait que rien de tout cela ne soit arrivé.

— Qu'est-ce que vous mangez, mes poulettes? demande leur père en se frottant les mains. Des biscuits et du lait?

Julie fait signe que oui.

— Tu en veux?

— Je prendrai plutôt des craquelins, répond-il.

Madame Dufresne entre dans la cuisine et donne un baiser à son mari.

— Tu as fait bon voyage? demande-t-elle.

— Très bon, mais je meurs de faim! s'exclame-t-il.

Monsieur Dufresne ouvre une armoire. Il prend une boîte de craquelins et regarde en dessous. Il fronce les sourcils.

— Qu'est-ce qu'il y a, papa? demande Julie.

— On dirait qu'il y a des souris dans la maison, déclare-t-il d'un air surpris.

Julie avale de travers. Elle écarquille les yeux.

— Comment ça, papa?

— Il y a un trou au fond de la boîte.

Julie regarde Gabrielle. Gabrielle la regarde à son tour. Puis, Julie regarde sa mère, qui sourit.

— Lulu? murmure-t-elle.

— Mais qui est Lulu? leur demande monsieur Dufresne.

— On t'expliquera plus tard, lui répond madame Dufresne.

Gabrielle a la bouche fendue jusqu'aux oreilles :

— Elle est bien dans la maison!

Julie saute de sa chaise.

— Viens vite, il faut la retrouver!

CHAPITRE 11

Les hamsters jumeaux

Gabrielle ouvre toutes les armoires de la cuisine. Elle regarde derrière tous les objets sur les étagères. Julie inspecte le tiroir d'argenterie.

— Penses-tu que c'est vraiment Lulu? demande Gabrielle.

Elle commence à être tout excitée.

— Mais c'est évident, répond Julie, à moins que ce ne soit Guillaume.

Les deux filles pouffent de rire.

Julie regarde dans la poubelle.

— Avez-vous regardé dans le réfrigérateur? demande leur père.

— Mais papa! fait Gabrielle en lui lançant un regard sévère. Comment aurait-elle pu ouvrir la porte?

Monsieur Dufresne lève les bras.

— Je ne sais toujours pas de qui on parle!

— C'est le hamster de notre classe, explique Julie. Il s'est échappé dans la maison.

— Je vois! fait monsieur Dufresne, qui éclate de rire.

— Ce n'est pas drôle, papa, dit Gabrielle d'un air sombre. Elle est tellement pe-tite.

Gabrielle ouvre le tiroir de fines herbes et d'épices. Mais Lulu n'est pas là.

— Elle n'est peut-être plus dans la cuisine, souligne madame Dufresne. Elle peut être n'importe où.

— Mais où? demande Gabrielle.

— Venez vite, tout le monde! crie Guillaume de sa chambre. J'ai attrapé quelque chose!

Gabrielle regarde Julie. Elles courent à l'escalier.

— J'ai attrapé quelque chose avec ma trappe à souris, crie Guillaume.

Le coeur de Gabrielle bat à tout rompre. Elle a tellement hâte de voir de quoi il s'agit.

La boîte à chaussures n'est plus surélevée. Elle est bien à plat, et elle commence à se déplacer!

— Tu vois? dit Guillaume, rouge d'excitation. Il y a quelque chose dedans.

Gabrielle et Julie se précipitent vers le bureau. Avec précaution, Gabrielle soulève la boîte.

Les trois enfants aperçoivent deux yeux sombres et de longues moustaches.

— Lulu! s'écrie Gabrielle.

Lulu sort de la boîte. Elle se dresse sur ses pattes arrière et se met à renifler.

Puis, Lulu commence à trottiner vers le

bord du bureau.

— Attrapez-la! hurle Guillaume. Elle va tomber!

Julie s'avance d'un bond. Elle met ses deux mains autour du petit hamster et le prend.

— Donne, dit Gabrielle en tendant les mains. Je vais la prendre.

Elle sait bien que Julie ne voudra pas garder Lulu dans ses mains bien longtemps.

Mais Julie garde Lulu. Elle commence à sourire.

— Hé! fait-elle en rigolant, ça chatouille, ses moustaches! Et sa fourrure est douce.

— Est-ce que tu l'aimes, maintenant? demande Gabrielle, surprise.

— Je pense que oui, répond Julie, qui écarte légèrement les doigts et regarde Lulu. Elle est vraiment jolie. Je ne savais pas que sa fourrure était si douce.

— Je savais que tu l'aimerais, dit Gabrielle.

Julie caresse Lulu avec un doigt.

— Je pense qu'elle ne me mordra pas, dit-elle.

— Ma trappe fonctionne! proclame Guillaume fièrement. Je t'avais bien dit que ça ne lui ferait pas de mal. J'ai tellement hâte de raconter ça à mon professeur!

— Et nous, donc! pouffe Gabrielle.

Le lendemain, Gabrielle et Julie amènent Lulu à l'école. Elles l'ont mise dans la boîte à chaussures qui avait servi de trappe.

— Madame Prévost? dit Julie, qui est devant le bureau de l'enseignante, Gabrielle à ses côtés.

— Oui? fait madame Prévost en regardant la boîte. Avez-vous apporté quelque chose à montrer à la classe?

Madame Prévost a l'air tout endormie. Elle se mouche bruyamment.

Caroline, Ariane et Isabelle s'approchent. Quelques garçons regardaient la collection d'autocollants de Benoît Auger, mais ils s'approchent eux aussi.

— Qu'est-ce que c'est? Qu'est-ce qu'il y a dans la boîte? insiste Nicolas qui veut toujours tout savoir.

Julie pouffe de rire.

— Montre-leur, chuchote-t-elle à sa soeur.

— C'est Lulu, nous l'avons retrouvée! annonce Gabrielle en retirant le couvercle.

Lulu pose ses pattes sur le bord de la boîte.

— Regardez! C'est notre Lulu! s'écrie Isabelle.

Madame Prévost prend Lulu et la met dans la cage avec Doudouce.

— Maintenant, Lulu n'est plus seule. Elle a une amie, remarque madame Prévost.

Christophe Faribault regarde à l'intérieur de la cage.

— J'ai tellement hâte que ce soit mon

tour! s'écrie-t-il. Maintenant, on va apporter deux hamsters à la maison!

— Mais c'est vrai ça! dit Marie-Josée. J'espère que ce sera encore mon tour bientôt.

Mathieu Favreau examine les hamsters, puis se tourne vers Gabrielle :

— Elles sont identiques!

— Ce sont des jumelles identiques! dit Ariane, qui éclate de rire.

Gabrielle sourit à Julie :

— Comme nous!

— Oui, mais elles sont sûrement un peu différentes, comme vous! ajoute madame Prévost, juste avant d'éternuer.

— À vos souhaits, fait poliment Mathieu.

— Merci, Mathieu, lui répond madame Prévost en souriant.

— Avez-vous attrapé un rhume, madame Prévost? demande Julie.

— Bien sûr! répond Thomas, les yeux brillants. Si vous devez rester au lit, madame Prévost, on aura un professeur suppléant.

Il jette un coup d'oeil à Charles Noël et sourit. Ils se souviennent du plaisir qu'ils ont eu la dernière fois que madame Prévost a été malade.

— Mais non, je vais bien, déclare madame Prévost. *Aaatchou!*

Gabrielle secoue la tête. Elle se dit que madame Prévost n'a pas l'air bien du tout. En fait, elle est convaincue que madame Prévost a l'air vraiment malade.

Fin

Qu'est-ce que les jumelles et leurs amis vont découvrir pendant que madame Prévost sera chez elle, malade? Tu le sauras en lisant le volume 3 de la collection : **LE MYSTÉRIEUX MONSIEUR RENAUD.**

Dans la même collection

Surprise! Surprise!

Le hamster en vacances

ACHEVÉ D'IMPRIMER
EN JANVIER 1991
SUR LES PRESSES DE
PAYETTE & SIMMS INC.
À SAINT-LAMBERT, P.Q.